LO QUE SABEN
LOS ERIZOS

Beatriz Osés

Ilustraciones de **Miguel Ángel Díez**

FAKTORÍA  DE LIBROS

Cómo alejar la tristeza.

Versos para Noelia y colores para María.

índice

Azul

La niña se viste
con traje de niebla.
Se mira al espejo,
refleja tristeza.

Recoge una gota,
redonda y pequeña,
pregunta en silencio:
«dime, ¿cuánto pesas?».

Cuánto pesa una lágrima

Con botas de lluvia,
paraguas de tela,
la niña camina,
recorre la arena.
Despacio se sienta
frente a la ballena...
Burbujas y redes.
Erizos y estrellas.

«En el fondo, niña...,
no sé cuánto pesa.
En el fondo, niña...,
no sé cuándo pasa
la negra tristeza.»

Cómo llenar una bañera

Se cogen las lágrimas
de una ballena,
se agitan un poco
con mucho cuidado...
y surgen poemas.

Se mete uno dentro
del agua salada,
se cierran los ojos...,
se sueña con mares
cubiertos de plata.

Cuándo se acaba la tristeza

La niña camina
tras la musaraña
que no se detiene,
que vuelve a su casa...

«¡A mí no me vengas
llorando tus penas,
que llevo un enfado
de mucho cuidado!»

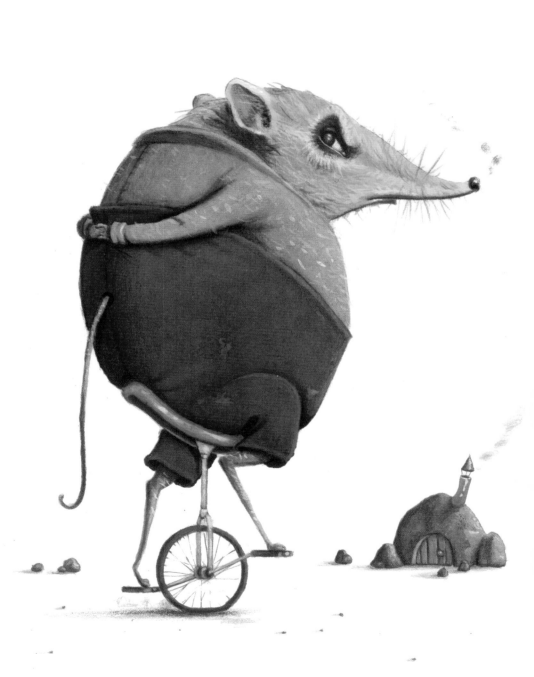

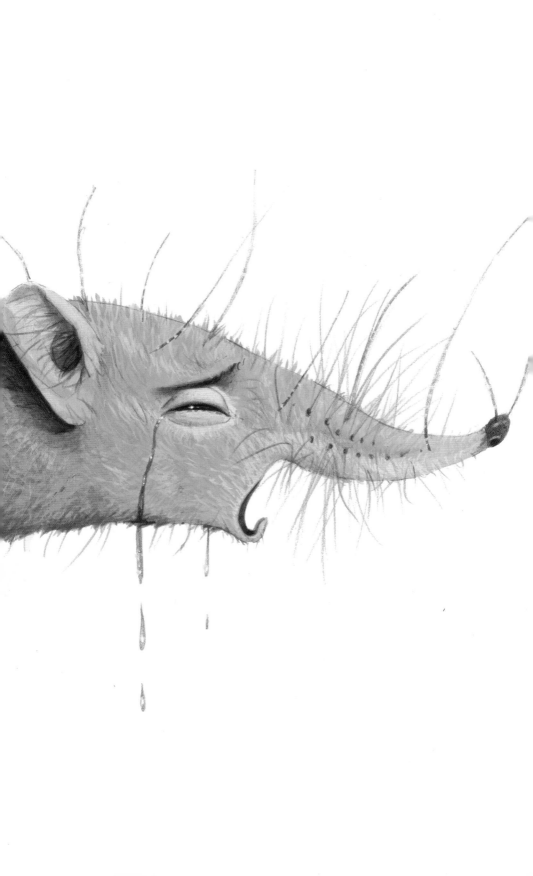

La pelea de la musaraña

«Pobre musaraña,
ya vienes llorando...
¿Qué traes en las manos?»

      «Un pincho,
      dos pinchos,
      tres pinchos.»

«Pobre musaraña,
ya vuelves llorando...
¿Qué traes en los brazos?»

      «Un pincho,
      dos pinchos,
      tres pinchos.»

«Pobre musaraña,
iotra vez llorando!...
¿Qué traes en la cara?»

      «Un pincho,
      dos pinchos,
      tres pinchos.»

«Pobre musaraña,
cuántas veces te he dicho
que no discutas con los erizos.»

Nadie sabe...

Al león escondido,
al elefante,
al niño pingüino,
a la jirafa
que sueña en las ramas,
pregunta la niña.
... Y no saben nada.

A escondidas

El león nunca llora
delante de nadie.
Se oculta en las sombras,
entre los trigales.

Sin hacer ruido llora,
a veces a mares,
pero nunca lo hace
delante de nadie.

Yo soy...

Soy la lágrima
de la dulce jirafa.
Ando por los sueños,
sueño por las ramas.

Soy la lágrima
del negro calamar.
Nado entre los mares
con sabor a sal.

Soy la lágrima
del temible mosquito.
Te busco en la noche,
si puedo te pico.

Soy la lágrima
del pájaro llorón.
Caigo porque sí.
Caigo porque no.

Bajo los árboles

La niña se tumba
junto a la cigarra,
que baja el sombrero,
que esconde la cara.

«Dime cuánto pesa.
Dímelo, cigarra.»

«A mí qué me cuentas,
si yo no sé nada...»

Cuando se te olvida por qué lloras

Caen las lágrimas
del elefante.
Huyen las hormigas.
Se llenan de charcos
las aceras, las calles
y las esquinas.

Llora el elefante
por la memoria perdida,
porque no se acuerda,
porque ya no sabe
por qué llora...

Qué difícil es llorar en el Polo Norte

El pingüino llora
lágrimas cuadradas.
Crash, crash...
Cubitos de hielo.

Lágrimas azules
del color del cielo,
que se van rompiendo
cuando caen al suelo.

En las nubes

La cigarra pasa.
Pasa de llorar.
Pasa de la hormiga.
Pasa del invierno.
Pasa de la niña.
Pasa de los miedos.
Bajo el sol de marzo,
buscando silencio,
se acuesta tranquila
soñando con cielos.

Llorar hacia dentro

Toc, toc.
Caen las lágrimas
del pájaro carpintero...

Toc, toc.
Se desliza el llanto
por el árbol hueco...

Toc, toc.
Hacia las raíces...

Toc, toc.
Hacia los silencios.

Yo nunca lloro...

La niña se detiene
frente a la corriente.

«Niño hipopótamo,
tienes los ojos rojos.»

     «¡Será por el polvo!»

«Niño hipopótamo,
tienes las patas mojadas.»

     «¡Será por el agua!»

«Niño hipopótamo,
este río antes no estaba...»

El pájaro llorón

Llora porque sí,
llora porque no.

Por la sopa fría,
por si está caliente.
Por la noche oscura,
por el sol ardiente.

Llora que te llora
por si estás ausente.
Por si no te has ido,
por cualquier juguete.

Lágrima de rinoceronte

Bucean las ovejas,
despierta la marmota,
se ahoga la tristeza...
con una sola   *
                **
            gota.

Danzan las ballenas,
calla la cotorra,
se ahoga la tristeza...
con una sola   *
                **
            gota.

Cantan las mofetas,
nadan mariposas
se ahoga la tristeza...
con una sola   *
                **
            gota.

En la cárcel

Las avispas lloran
lágrimas afiladas.
Las avispas lloran
vestidas a rayas.
Negras y amarillas,
amarillas y negras.
Lloran las avispas
si se sienten presas.

¡Y yo más!

«Cuando lloro...
mojo las estrellas»,
dice la jirafa
estirando el cuello.

«¡Y yo más!»

«Cuando lloro...
lloro de verdad»,
dice el cocodrilo
tocándose el pecho.

«¡Y yo más!»

«Cuando lloro...
inundo la tierra»,
dice el avestruz
escondiendo penas.

«¡Y yo más!»
«¡Y yo más!»
(Pero, tú, pájaro llorón,
¿qué haces en este poema?)

Inundaciones

Hacia el suelo
la niña mira.

«Nos llega el agua
por las rodillas...
¡Niño elefante,
no te deprimas!

Nos llega el agua
por las caderas...
¡Niño elefante,
alegra tus penas!

Nos llega el agua
por las pestañas...
¡Niño elefante,
sube a la barca...
Saldremos de casa
por la ventana!»

Para alejar la tristeza

La mariquita,
a su trompa.
El elefante,
a su mundo.

La musaraña,
a su bola.
El cocodrilo,
a sus puntos.

Atardecer

La niña se acerca
a la abuela araña,
que viste de seda,
que canta una nana...

«No sé cuánto pesa.
Ea, ea, ea...
No sé cuándo pasa
la negra tristeza.»

Canción de la araña

Ea, ea, ea...

No llores, pequeño.
Si te cojo en patas,
siento que me muero.

Ea, ea, ea...

No llores, mi sueño.
Que rompes la tela
donde yo te mezo.

Ea, ea, ea...
¡Cómo pesas, niño!

Ea, ea, ea...
¡Cómo pesas, cielo!

Ea, ea, ea...
No puedo contigo...

Ea, ea, ea...
Que eres un camello.

Tiempo de agua

Ea, ea, ea...
El caracol que sueña
se aleja despacio
de la tristeza.
Sonríe a la niña...

«No sé cuánto pesa...
No sé cuánto dura
la negra tristeza.»

Pobre caracol

«Pobre caracol,
lágrimas de plata
en la hierba amarga.»

«¿Triste yo?
¡Que no, que no!»

«Pobre caracol,
el viento te canta
una lluvia nana.»

«¿Triste yo?
¡Que no, que no!»

«Pobre caracol,
lágrimas y escarcha
en la madrugada.»

«¿Triste yo?
¡Que no, que no!
¡Que no son lloros,
que no es escarcha,
que son mis mocos,
que son mis babas!»

La noche oscura

La niña se sienta
junto a las estrellas.
La negra tristeza
que flota en el viento
se sienta con ella.

Al revés

En la Luna,
las lágrimas de las mariposas
caen hacia arriba.

Si tienes una pesadilla...

Si viene de noche,
háblale sin miedo...,
que se siente sola,
que no tiene sueño.

Si se pone triste,
déjale un pañuelo...,
que se siente sola,
que no tiene sueño.

Lo que saben los erizos

El erizo se acerca
despacio a la niña...

«Dame una gota
de tu tristeza.
Cierra los ojos,
sopla con fuerza.
El agua que vuela
no pesa,
no pesa.

Se marcha en silencio
la negra tristeza.
Si cierras los ojos,
si soplas con fuerza.
El agua que vuela
no pesa,
no pesa.»

Colección **Orihuela**

© del texto: Beatriz Osés, 2015

© de las ilustraciones: Miguel Ángel Díez, 2015

© de esta edición: Kalandraka Editora, 2015

Rúa Pastor Díaz, n.º 1, 4.º A - 36001 Pontevedra
Tel.: 986 860 276
editora@kalandraka.com
www.kalandraka.com

Faktoría K de libros es un sello editorial de Kalandraka

Impreso en Gráficas Anduriña, Poio
Primera edición: noviembre, 2015
ISBN: 978-84-15250-95-1
DL: PO 530-2015
Reservados todos los derechos